歌集
Kashu Inori

祈り

Akiko Sato

佐藤彰子

幻冬舎MC

押花《おしばな》の朝顔・つゆ草嬉しげにわれを見つめる　われも見つめる

目次

月光

全身に月のひかりを浴びながら樹々たちすべて背伸びしている

月光のあまねく空を泳ぎたりもう一人のわれに出会いたくって

青白き月の光と口笛と交信しつつ流れつづける
降りしきる月の光を吸い込みぬいつしか涙滲みくるまで

「眠りゆく馬のため月存在す」そう思えくる絵画一枚（坂本繁二郎「馬屋の月」）

満月のひかり降るらんふるさとに葉を閉じ眠る合歓《ねむ》の上にも

ああだから月はみんなに愛されるんだ自分ひとりを見てる気がする

青白く差し込むひかり十指となれ箏曲「月光」奏でるわれの

昨夕《ゆうべ》見し月の匂いと思いたり水仙の花庭に摘みつつ

私には母が居るまだ居てくれる月がきれいよ見なさいと言う

掌中観音経

真夜覚めし瞬間われを病院のベッドの上の母と思えり

病む母を思う夕暮れベランダに一羽の鳩が水呑みに来る

生命の尽きるときまで守りたい「心」と言えり身体病むとも

悩み事なくっていいねと言う母にすこし間を置きウンと答える

哀しみの涙はとうに忘れしと宙を見つめて母の呟く

「がんばって」鸚鵡《おうむ》返しに母の言うかすかに掌握り返して

わたくしはここより生まれてきたような小さく柔らかな母の掌

病む母に底力あり鏡台の前にてお化けの真似して笑う

縷《る》紅草《こうそう》あかく咲けるを告げようよ母から種を貰い来しもの

お母さん一緒に歌おう幼き日うたいてくれし「ダリアの夢」を

「お母さん」呼びかけながら「お母さん」と呼ばれることなきわれを思えり

薔薇の花つぼみほぐれる昼下がりベッドの母が起き上がりたり

短歌《うた》という遊びをわれはしていぬか母の病を題材にして
人間になれないわたし子を産まず育てず母の介護もせずに

お母さん今度は何を願おうかわたしの祈りとっても効くの

さあ何を祈って貰おうあぁそうだ一人で街に行けますように

裏山の方より鐘の音降ってくる唱える言葉聞きいしように
亡きがらとなりたる母に返したり賜いし掌中観音経を

父の死を悲しむわれの掌に古びしお守り母は載せたり

母はもう祖母に逢いしか少女の日賜いしという観音経持ち

きのうとは空気の色が違いたり母が何処にも居ない世界の

エアー・ポケット

東京のエアー・ポケット古書街を初老の男の影が行き交う
店先の黄土色した古書たちに二月の光やわらかく差す

三個ある時計のすべて止まってる茶房に流れるアンディ・ウィリアムス

自らのたましい撥《ばち》で叩きつつ男は津軽三味線を弾く

「人」という名称持てる物体がたてよこななめに地下街を行く

地底より湧きくるようなエスカレーターに来るはずのない一人を探す

ラフマニノフ「ピアノ協奏曲」を捧げたり「出来る、出来る」と言いいし医師に

暗示とは凄いものなりわたくしも唱えてみたり「素敵、素敵」と

雷神は覚えていたり「守って」と詩につづりたる曽我ひとみの名を
真っ白な衣裳の奥より宗次郎心臓のような笛を取り出す

土笛の素朴な音に問いかける「人は宇宙に行ってもよいか」

知らん振りしてる乗客さっきから霊峰富士が窓を覗くに

ほろ酔いで行く境内にほろ酔いの顔した羅漢《らかん》の一群に会う
愛したる女を想うこともあろう羅漢となりて久しき今も

「人間」の二文字つくづく見つめたり共に逝く人ネットに募る

この夜の四角い部屋に苛められ自死せし子らの魂集う

「愛《いと》しくて愛しくって」と言ってごらん自分を苛《いじ》めちゃ可哀想です

早春

鶯が「桃源キョ」って鳴いている甲斐路《かいじ》はいまピンク一色

「ホー　ホケキョ」ケを唱うときのけ反《ぞ》って思わず樹から落ちそうになる

公園の小鳥たちにも見せましょう初めてわれの作りし帽子

鳩たちが一心不乱に食べている酢漿草《かたばみ》私も舐《な》めてみました

熊笹のつんつん伸びる芽を抜いて齧《かじ》ってみました　Vサインする

「撫子《なでしこ》」とやさしく呼ぶのは同じ科の同じ香りのカーネーションです

われはいま儚《はかな》い恋をする女ブルーローズにくちづけをして

頼りなく生きてる日々に花達は句読点となる　つぎは紫陽花

高幡山

鐘の音を吸いたる色か藍深く高幡山に紫陽花の咲く

野仏が頬をゆるめて見てござる山紫陽花の小さき花ばな

紫陽花の藍に染まりし体にて留守居の夫に電話をしたり

線香の香りを含む初夏の風射干《しゃが》の花群揺らして過ぎる

やさしげな屋台の人より紫陽花のハンカチを買う　不動尊が好き

夕暮れの鐘を合図に歌い出す山肌覆う紫陽花の花

明王に叱られひとり辿る径紫陽花しきりに頭を揺らす

病棟

手を握り言ってくださいで大丈夫もとのとおりに元気になると

我儘を言いておりたり君の眼にうっすら涙浮かびくるまで

「人」という機械預かる病棟に月の光の降りつづけたり

作歌より難しいもの明日医師に伝える言葉探しおりたり

両の手を廻してそっと抱《いだ》きたり足首ほどに細きわが首

十キロといわれる頭しっかりと支える体と心が欲しい

ああはやく肩甲骨に生えてこい眠りの森へ飛び立つ翼

まなうらに「君」と名付けし欅樹を顕《た》たせて眠る病棟の夜

枕元のティッシュボックスに短歌《うた》記す河野裕子のしていたように

朝六時院内放送の声清《すが》し「今日は十月一日です」と

声すこし戻りてきたる人が今朝「誕生日なの」とわれに告げたり

妹の摘み来し小さな野の花が退院日まで咲きつづけたり

花束を君は差し出す店先で青い蝶ちょが選んでくれしと
抱えいし花束君に預けたり赤子をひょいと託すごとくに

むしゃむしゃと虹を食べたり病む体七つの色に染まりゆくまで

夕暮れにやさしき人の膝に寄り泣きつづけたり心ゆくまで

試歩をするわれに木漏れ日降り注ぐ4《フォー》ビートにてスウィングしつつ

痛み止めの処方断り歩きゆく街につぼみの水仙を買う

来世のわれは薬草研究家今世のこと覚えておいて

ネジ切れしオルゴール人形真夜中に抱けばポロンと音を立てたり

起き出して政治評論するわれを元気になったと夫の笑えり

この目眩《めまい》なおるでしょうか紫陽花の一房頭に載せてみたなら

公園のベンチに座るわが身より抜け出し白く月の掛かりぬ

われという生命存在することの不思議を思う昼月の下

欅

五指かとも紛う葉先をなびかせて欅大樹はわれを愛撫す

元気出せジャンケンしよう!力瘤見せつつ五月の欅が言いたり

これだけは内緒にしとこ　この欅大樹を「君」と名付けたること

モーツァルトと名付け仰ぎぬ揺れながら絶えず楽章奏でる欅

モーツァルトと名付けし欅の奥処《おくど》より小鳥が一羽飛び立ちていく

いま同じ思いをしている人もあろう嵐の中にのた打つ一樹

神であり恋人でありそしてまたときには私となりゆく欅

双手上げ立てる欅のシルエット奥処《おくど》に白き冬の月容れ

朝顔

朝顔はわれの魂午前五時床を抜け出しベランダに咲く

小さな掌《て》ピタッと合わせ地中より出できし双葉の真似をしてみる

魂の吸われたるらし朝顔の押花終えしわれは空っぽ

「失敗をしないでください！」押花にされるつゆ草震えつつ言う

わが命いつくしみつつ生きている鉢いっぱいにつゆ草咲かせ

哀しみを携《たずさ》え人は生きている夜になっても凋《しぼ》まぬ朝顔

このわれをどこか遠くへ連れていけ朝顔揺らし過ぐる秋風

来年も再来年もいつまでも君と朝顔見たい　見るんだ

何だろうこの良い匂い金木犀の咲いてる方を見つめる朝顔

十月のわが誕生日のベランダに小さく揺れる朝顔の花

秋の子

野の径にサトウハチロー「秋の子」を歌うあきこはすっかり秋の子

柿の実を踏みたるわれを笑いたる君が今度は踏みておりたり

何故かしら涙溢れる君が居て芒《すすき》が光って野菊が咲いて

刻《とき》止まるような午後です一心に野菊の蜜を吸いつづける蝶

しずかにも真っ赤に燃える園に出る甘く不思議な匂い辿りて
はなびらのオーラをいまだ纏《まと》いつつ桜もみじがしきりに匂う

老境の二人をすっぽり包み込む桜もみじの甘き匂いは

黄金にかがやく大きな獅子となり銀杏《いちょう》の一樹空を駆けゆく

大空とキスするように舞い上がりそして銀杏は地へと向かえり
赤や黄にもみじ降り継ぐはからずも流せるうれし涙のように

丘陵に住む小人たち秋の夜はコスモス畑にもぐりて眠る

明日には刈られるというコスモスとしばらく風に吹かれていよう

公園の紫苑《しおん》に会いたいわが丈と同じ高さに空を見つめる

ひとひらの紅葉《もみじ》のような手紙待つ午後の窓辺に頬杖ついて

雑木林に落ちくるひかり吸い込みてシラヤマギクの小さき花咲く

さようなら今年の私　降りしきる枯葉の中を歩きつづける

茶の花の径

子供らが作歌すること嬉しくてたまらなかった九十歳師は
子供らの誰かの心に残るだろうやさしき風情《ふぜい》の短歌《うた》の先生

二十年交わせし言葉つぎつぎと浮かびて空が一杯になる

先生がわれを焦《じ》らしているように月が雲間を見え隠れする

尾内治光歌集『冬日』を置いてみる月の光の届く窓辺に

「楽しい歌を楽しい人生送るためにも」遺言のような賀状見つめる

すこしずつその意味分ってきたようです賜いし言葉「楽しい歌を」

この花を好むと詠いし先生の笑顔顕《た》ちくる茶の花の径

井の頭恩賜公園

「風の道」たゆたいながら歩き来て井の頭公園に吸い込まれゆく

迸《ほとばし》りくるものひたすら待ちており噴水一基体内に容れ

樹々たちと鬼ごっこする8の字に幹から幹をくるくる廻り

木漏れ日のスポットライト浴びながら老人ひとりハーモニカ吹く

ハーモニカはわが少女期のノスタルジア窓辺に寄りて飽かず吹きいし

振り向けば少年が居るハーモニカ吹きいし老人突然に消え

弁天堂のほとりの湧水掌に受けてつぶやく「短歌《うた》の泉」と
真っ白な双手を掲げ噴水は同胞《はらから》のような雪を迎える

つぶつぶに桜の蕾《つぼみ》膨れたる園にしずかなエネルギー充つ

透き通るピンクの帽子購いぬ桜の下に立つ少女から

池の面を覆うはなびら縫い込みて一羽の鴨が一羽に寄り添う

十五の空

はたはたと白き紙折るわが部屋を与ひょうが覗く襖を開けて（木下順二「夕鶴」）

珍しく声の嗄《か》れたり見も知らぬ誰かがあなたを「あなた」と呼ぶよ

ぼんやりと何を見ている右の指煙草をはさむ形にしつつ

蚊を一匹額に乗せて太極拳続けていしと　君ったらもう

哀しげに「お帰りなさい」と言ってみよう玉葱みじん切りした顔で

夜に吹く口笛悪魔に聞こえると人差指をわれに当てたり

啄木と同じふるさと持つ君の仰ぎし十五の空を想えり

日本列島

人形《ひとがた》の日本列島傷付きし三陸地方は胸の部分よ

震災の直後に訪いし院展に小舟一艘暗く漂う

（清水由朗「櫂《かい》」）

さくらばな躊躇《ためら》いがちに開くのをためらいがちに見上げおりたり

原発はいやだ！いらない！乳房見せ牛達すべて餓死していたり

ふるさとと思えぬわれを悲しみぬ記憶朧《おぼろ》な生地福島

阿武隈の川で水浴びしたること体のどこかが覚えているはず

つかの間の停電終りクッションの花柄が目に飛び込んでくる

それはそれは素晴しかったと双葉町の薔薇園語りし人の瞳《め》忘れず

微笑みていつつもどこか違いたり震災前の海の色とは
海色の紫陽花に言う「海はただ驚いたんだ悪くないよね」

野の花のようにやさしくまた強く列島よあれ地図上にあれ

星に願いを

同棟の最上階へ転居します織姫、彦星デートする日に
家財道具持たぬ鳥たち獣たち持たねば生きていけない人間たち

家財道具すべてを捨ててみたならば空飛ぶ鳥になれるだろうか
空を飛ぶ鳥に憧れホームレスになりたる人も居るかもしれぬ

お別れのつもりで今宵弾くピアノやさしき音をわれに返せり

朝食に納豆ごはん食べたんだ！そう叫びつつダンボール持つ

鳥たちの目覚める声を聴きながら双手を大きく靡《なび》かせてみる

首傾《かし》げ鳩が何度もやってくる（ココニタマゴヲウンダハズデス）

「今日」という旅に発ちたしうすす紅の色にかがやく綿雲に乗り
「一日を心配せずに過ごしなさい」言いつつ空はわれを抱けり

わが窓に花火が上がる一年を労《ねぎら》うように寿ぐように
ああわれは今生きている遠花火胸の鼓動と重なり響く

星たちの届けてくれしオルゴール「星に願いを」聴きつつ眠る

桜あかり

「わたくしはここに居ます」と山腹《やまはら》に桜あかりがぽーっと点る
咲き充ちる桜大樹を仰ぎつつ何かひとつを誓いたくなる

ずーっとずっと二人で歩いていたようなこの夕暮れの桜の下を

還り来し死者の心と思うまで桜はなびら透き通りたり

浄土へと入りゆくように桜花映る御堂のガラス戸開ける

峡《かい》に見し桜はなびら降りつづく眼を閉じ眠る真夜のわれへと

透き通るさくらはなびら透き通る月のひかりの中を流れる
ほの白き月とはなびら朝方に秘密の約束交わし合いたり

桜吹雪の中を歩めり体内にはなびらふっと入り来るまで
どうぞどうぞお入りください夕暮れの玄関先を訪いしはなびら

ト音記号

一対のト音記号のイヤリングやさしき短歌《うた》のアンテナとなれ

本屋さんのレジの前にて並びおり『本屋さん』という本を抱えて

わが前に亡き人誰か来るを待つ茶房の椅子に空を見つめて

特大のハンバーガーと格闘をしてきた夜の私は元気

新宿の高層ビルを車窓より人差指で弾《はじ》いてみたり

「孤族」という新語を思い見上げたる空を群れつつ鳥たちの行く

あの虹に止まってみようかやめようか鳥たちしきりに考えている

一心に見つめつづける鳥に言うダブルレインボー幸せ呼ぶと

洗濯のミニハンガーに吊るしたる五色の短冊ときおり揺れる

カナカナカナ、カナカナカナカナと鳴く声が過去へ過去へといざないていく

一本の風知草《かぜくさ》となり歩きゆくエプロンドレス靡《なび》かせながら

笛の音

私たちの耳に届かぬ笛の音が流れるような十月の空
中空を流れる笛の音すこしずつ小さな秋を引っ張ってくる

ギリシャ語で風は精霊絶え間なくわが庭先を過《よぎ》りゆくもの

「千の風になって」を歌う亡くなりてはじめて近くに来ませる人よ

わが齢《よわい》季節でいえばいつならんうす紫の空気吸い込む
秋風の立ちたる庭に流れ出すわれの心を追い掛けていく

心って何なのだろう膨らんだり不意にキューッと萎《しぼ》んでみたり
ぬばたまの闇の深さに耐えかねて伸ばす手と手が宙に触れ合う

窓の辺に魂訪れいるらしき今宵しきりに父の顕《た》ちくる

煙草買いに出てゆく父の後を追い何か話せり夢の中にて

来世に男《お》の子生《あ》れたら「群青」と名付けてみたしこの空の色

「さんま様」と呼びたくなりぬ俎《まないた》の上にかがやく大きな一尾

十五夜の月も秋刀魚を食べました大きな窓より入り来たりて

秋冷の玄関先に君の声「行ってきます」がしばらく残る

道沿いのカフェにスーッと吸われゆく桜もみじのひとひらとなり

さびしさを知ってるような秋の陽に包まれながらマニキュアを塗る

輝こうかがやきたいと思いつつすぐに翳《かげ》りを見せる秋の陽

師走

あの人を雪が攫《さら》っていくようで消えし街角見つめつづける

まっ白な雪とわたしと琴の音と地上にあるのはいま　それだけ

ドレミファソラシドシドシドと吹く風の中を歩めりシドシドシドと

「こわくない！」大きな鳥が叫びたり冬至の朝の燃える太陽

クリスマス・ツリーになりたい銀杏《いちょう》の樹師走の街に輝きつづける

こんな家に住みたかった…赤い屋根に煙突のあるケーキを選ぶ

パソコンの中より届く九十二歳老女の縫いし綿入丹前

よかったぴょん月蝕終ってよかったぴょん兎がまたまた跳ね始めたり

「正月に間に合いました！」餅いっぱい抱えて月の兎降り来る

しずけさが愛しくなりて顔上げる二人で賀状書いている部屋

神宮のひかり降りくるひとところ雑木林の中に立ちたり

しあわせ

病癒え渚に立てりああ波が燦《きらめ》きながら駆け寄りてくる
かたわらに君居るしあわせ告げており辛夷《こぶし》の丘より海を見つめて

われはいま誰に向かいて叫びいる「オーイ、オーイ」と沖を見つめて

海色の皿の上にておとなしく金目鯛一匹われを待ちおり

グルメ、グルメ、グルメと騒ぐ日本に何てったたって朝の味噌汁

「神の河《かんのこ》」に「古秘《こひ》」「海童」焼酎の銘柄に見る男のロマン

薔薇の香と構造式の似るという芋焼酎を飲みて寄り添う

美味かった干物の匂いがふっとする二人並びて寝ている部屋に

笑えなくなったとしても好きだよという人がいる　笑おう笑おう

「しあわせな一日だった？」夕暮れに訪い来し鳩に声を掛けたり

あとがき

この本をお手に取っていただきありがとうございました。

いつ頃からでしょうか。短歌を祈りのようだと思い始めたのは……。哀しい歌だけではなく楽しい歌もまた私にはそう思えるのです。そこで思い切ってタイトルを『祈り』といたしました。私事とも思える小さなちいさな祈りばかりですが、二三〇首の内のいくつかでもお心に届いたとしたらどんなに嬉しいでしょうか。

平成二七年にこの本の単行本を出版した際には思いもしなかった文庫化が決まりいましみじみと幸せを味わっています。目をつむりますと、電車の中でどなたかがこの小さく可愛くなった『歌集　祈り』をバッグから取り出し読んでいる姿が浮かんでまいります。私には勿体ないような夢の光景です。

このような素敵な夢を運んできて下さった幻冬舎ルネッサンス新社の並木楓様、稲村みちる様、小尾水咲様、スタッフのみな様、それに単行本出版の際にお世話になりました善積幸子様に心より御礼を申し上げます。

最後に私はまた大きな声で叫びたいと思います。

「短歌よ、ありがとう」と。

佐藤彰子

令和四年三月

本作は二〇一五年三月に小社より刊行された単行本に
若干の加筆訂正を加えて文庫化したものです。

著者略歴

一九四三年　福島県生まれ。
一九六二年　東京都立新宿高校卒業。
一九八四年　「橄欖」に入会。
「橄欖」「麦」を経て「峡雲」に出詠。
（二〇二二年十一月で終刊となる）
一九九九年　短歌会「ピアニッシモ」創設。
吉祥寺にて毎月歌会を開催。
二〇〇二年　『歌集　二十歳の頃の我に向かいて』出版。
二〇〇五年　日本歌人クラブ会員となる。
二〇一八年　歌会開催を西東京市に移し現在に至る。

歌集《かしゅう》　祈《いの》り

2022年5月31日　第1刷発行

著　者　　佐藤彰子
発行人　　久保田貴幸

発行元　　株式会社 幻冬舎メディアコンサルティング
〒151-0051　東京都渋谷区千駄ヶ谷4-9-7
電話　03-5411-6440（編集）

発売元　　株式会社 幻冬舎
〒151-0051　東京都渋谷区千駄ヶ谷4-9-7
電話　03-5411-6222（営業）

印刷・製本　シナジーコミュニケーションズ株式会社
装　丁　　内海 由

検印廃止

Printed in Japan
ISBN 978-4-344-93937-0　C0092
幻冬舎メディアコンサルティングＨＰ
http://www.gentosha-mc.com/